초록전사와 함께 퀴즈를 풀며 쑥쑥 늘어 가는 세계상식

글　김경희

저는 뭔가 생각하는 얼굴로 눈을 깜박거리고는 해요. 이때는 제 머릿속이 아주 바쁠 때예요.
톡톡 튀는 아이디어와 독특한 상상력으로 즐겁거든요. 이렇게 신이 나서 쓴 작품들이 많아요.
〈꽁꽁 영하 10도에서 대탈출〉〈진심으로 통하는 마음 우정〉〈생명이 숨 쉬는 숲〉〈국악마을 대금이 사라졌다〉
〈아찔아찔 화학, 황금 비밀을 찾아라〉 등이 있지요. 저는 어린이에게 꿈과 희망을 주는 글을 쓸 때가 가장 행복하답니다.

그림　박대진 (만화, 캐릭터)

어릴 때부터 만화가 좋았어요. 만화책이 너덜거리도록 보고 또 보고 했지요. 그 만화광 소년이 자라 드디어 만화가가 되었어요.
〈비하인드〉라는 작품으로 꿈을 이룬 거예요. 중등 교과서 삽화 및 만화 작업과 사보 일러스트 표지 작업을 했고요.
〈우등생 해법과학〉〈인체해부학〉〈팝업북 : 잭과 콩나무〉 등 다양하게 그렸지요.

감수　세계 곳곳에는 우리의 소중한 이웃들이 살고 있어요.

나라가 다르고, 언어가 다르고, 피부색도 다르지만 우리의 이웃이고 친구라는 건 변함이 없지요.
〈연두 세계상식 대전〉은 우리 이웃들을 이해하는 데 많은 도움이 될 거예요.
이 책을 읽은 어린이들이 훗날 전 세계를 무대로 활동하는 사람이 될 것을 매우 기대하고 있답니다.

김　건 서울대학교 정치학과 졸업, 세계 여행 칼럼니스트

고광춘 성균관대학교 역사교육과 졸업, 정발중학교 역사 · 사회 담당

이새리 고려대학교 교육대학원 일반사회교육과 졸업, 가람중학교 사회 담당

이영화 동국대학교 역사교육과 졸업, 정발중학교 역사 · 사회 담당

사진　내셔널 지오그래픽, 옥스퍼드, 유로크레온, 토픽포토에이전시, 포토스탁, Photolibrary, Travel Photo, Culture & Science

연두 세계상식 대전 56. **자연의 힘**

펴낸이 임만택　펴낸곳 (주)연두비
주소 경기도 고양시 일산서구 덕이동 754-1　전화 031-932-4252　팩스 031-932-4241
등록 제2002-7호　홈페이지 www.yundubi.co.kr,　www.yundubi.com
책임기획 최기철　책임편집 장찬선　교정 · 교열 고은비, 김남희, 김은미, 송경희, 장경원, 한소영　디자인 신선임, 지윤, 안혜현

ISBN　978-89-5523-285-1　64890
　　　　978-89-5523-290-5 (세트)

⚠ 주의 : 사람을 향해 책을 던지거나 떨어뜨리면 책 모서리에 다칠 위험이 있습니다. 직사광선이 내리쬐는 곳이나 습기 찬 곳은 피해 보관해 주십시오.

* 잘못된 책은 바꾸어 드립니다.

자연의 힘

글 김경희　　**그림** 박대진　　**사진** 내셔널 지오그래픽 · 옥스퍼드

연두비

놀라운 침식의 힘

▲ 수억 년의 세월 자연 현상에 의해 깎여 이루어진 그랜드 캐니언

 753

침식 작용이 예술품을 만든다고요?

깎아지른 듯한 절벽이 광활하게 펼쳐져 있어요.

계곡 사이를 유유히 흐르는 콜로라도 강의 모습이 신비로워요.

이곳은 미국 애리조나 주에 있는 그랜드 캐니언이에요.

입이 쩍 벌어질 정도로 장엄한 이 풍경은 어떻게 만들어졌을까요?

우리가 사는 지구는 오랜 세월 동안 끊임없이 변해 왔어요.

뾰족하던 바위산은 비바람에 깎여 둥글어지고, 세찬 강물은 돌과 흙을 실어 날라 새로운 땅을 만들고,

단단하게 얼어붙었던 빙하는 흘러내리면서 땅을 움푹 파이게 했지요.

수억 년이란 세월에 걸쳐 이루어진 침식 작용은 우리에게 멋진 풍경과 훌륭한 조각품들을 선사한답니다.

태평양의 그랜드 캐니언이에요

아찔할 만큼 높고 가파른 계곡과 층층이 다른 색깔을 띤 바위.

이곳은 미국 하와이 주에 있는 와이메아 캐니언이에요.

그랜드 캐니언을 줄여 놓은 듯해서 '태평양의 그랜드 캐니언'이라 불리지요.

와이메아 캐니언은 오랜 세월 동안 침식되어 생긴 계곡으로,

깊이가 1,100미터나 되는 골짜기가 10킬로미터 이상 이어져 있어요.

계곡의 빛깔이 보는 장소와 시간에 따라 달라져 예술적이고 환상적인 아름다움을 연출한답니다.

▲ 미국 하와이 주에 있는 와이메아 캐니언

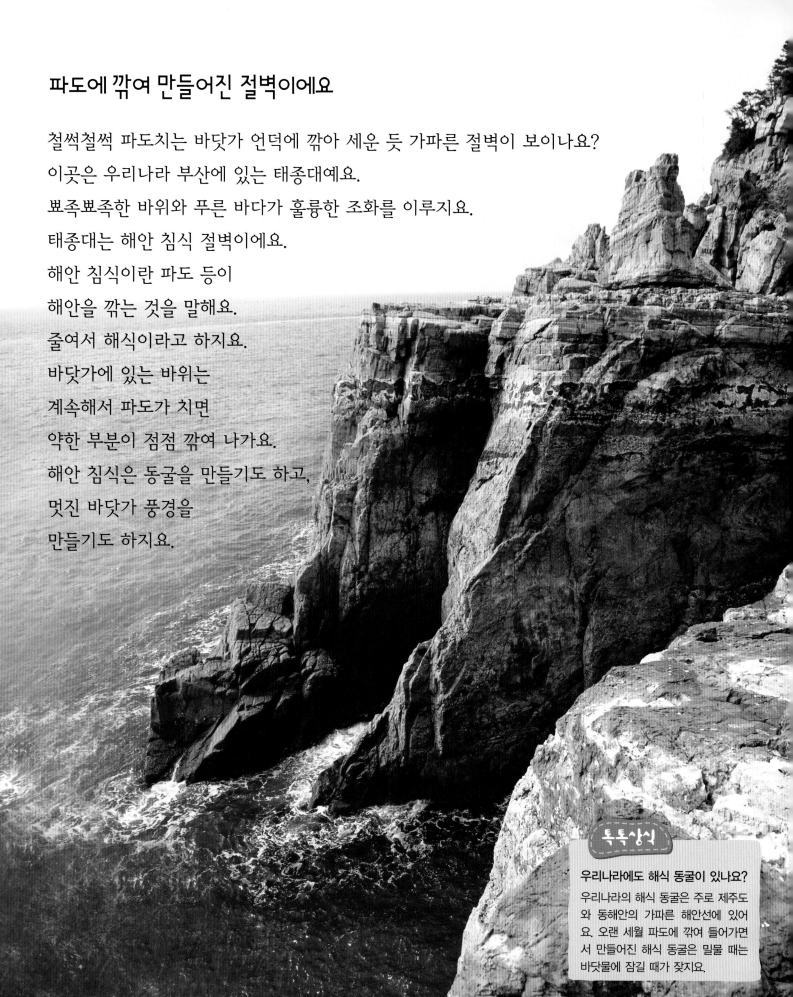

파도에 깎여 만들어진 절벽이에요

철썩철썩 파도치는 바닷가 언덕에 깎아 세운 듯 가파른 절벽이 보이나요?

이곳은 우리나라 부산에 있는 태종대예요.

뽀족뽀족한 바위와 푸른 바다가 훌륭한 조화를 이루지요.

태종대는 해안 침식 절벽이에요.

해안 침식이란 파도 등이

해안을 깎는 것을 말해요.

줄여서 해식이라고 하지요.

바닷가에 있는 바위는

계속해서 파도가 치면

약한 부분이 점점 깎여 나가요.

해안 침식은 동굴을 만들기도 하고,

멋진 바닷가 풍경을

만들기도 하지요.

톡톡상식

우리나라에도 해식 동굴이 있나요?
우리나라의 해식 동굴은 주로 제주도와 동해안의 가파른 해안선에 있어요. 오랜 세월 파도에 깎여 들어가면서 만들어진 해식 동굴은 밀물 때는 바닷물에 잠길 때가 잦지요.

바닷가에 코끼리 바위가 서 있어요

바닷가에 엄청나게 큰 코끼리가 서 있는 것 같아요.
파란 바닷물과 회색빛 바위가 조화를 이룬 이곳은 프랑스 에트르타의 팔레즈 다발과
팔레즈 다몽, 두 절벽 사이랍니다. 이곳은 모파상과 모네, 쿠르베, 르블랑 같은
수많은 예술가가 작품의 영감을 얻으려고 찾았을 정도로 유명해요.
파도가 저런 조각품을 만들 수 있다니, 자연의 힘은 정말 놀랍지요?

▲ 프랑스 에트르타의 코끼리 바위

▲ 터키 카파도키아에 있는 독특한 바위들

버섯 바위는 어떻게 만들어졌을까요?

터키 동쪽에 있는 카파도키아에는 버섯 바위,
촛불 바위 등 특이한 바위가 늘어서 있어요.
마치 누군가 조각을 해 놓은 것 같아요.
하지만 이 바위들은 사람이 아니라
화산과 지형, 기후가 어울려 빚어낸 거랍니다.
수백만 년 전 카파도키아에서
거대한 화산 폭발이 일어났어요.
이때 산과 계곡을 뒤덮었던 화산재가
오랜 세월에 걸쳐 굳어져 돌이 되었어요.
하지만 그 돌은 그리 단단하지 않아,
비바람과 지하수에 쓸리고 깎이면서
오늘날과 같은 모양이 만들어졌답니다.

▲ 자연이 빚은 버섯 모양의 바위

세찬 바람이 바위를 조각했어요

이곳은 미국 유타 주에 있는 브라이스 캐니언이에요. 괴상하고 묘하게 생긴 돌기둥이
끝도 없이 늘어서 있어요. 누가 일부러 조각해 놓은 것 같지만, 사실은 바람이 만든 작품이에요.
세찬 바람이 바위를 깎아 이처럼 웅장한 골짜기를 만들어 냈지요.
이곳 풍경은 해돋이와 해넘이 때
더욱더 신비하고 아름다워요.
돌기둥이 햇빛을 받아 주황색, 흰색, 황색으로
선명하게 물들면서 환상적인 풍경을 만들거든요.

▶ 미국 유타 주의 브라이스 캐니언

▼ 바람에 깎여 특이한 모양을 한 바위

커다란 얼음덩어리, 빙하

빙하가 멋진 줄무늬를 새겼어요

빙하는 커다란 얼음덩어리라고 할 수 있어요.
빙하는 산꼭대기에서 조금씩 녹아내리면서
작은 돌이나 부서진 바위 조각을
함께 끌고 밑으로 내려와요.
이때 골짜기에 있는 바위가
그 돌이나 바위 조각에 쓸리면서
멋진 줄무늬를 만들어 내요.
오랜 세월 계속해서 빙하가 흘러내리면
골짜기는 평평하게 깎여 매끄러운 계곡이 된답니다.

▲ 아르헨티나 로스 글래시아레스 국립 공원의
페리토 모레노 빙하

톡톡상식

빙하는 어떻게 만들어질까요?

빙하는 기온이 낮은 고산 지대나 극지
방에 많아요. 그런 곳에서는 눈도 자
주 내리고 내린 눈은 잘 녹지 않아요.
시간이 지나면서 눈이 녹기도 하지만
기온이 낮아서 다시 얼어붙어요. 이
얼음이 아래쪽 얼음을 누르면서 계속
해서 쌓여 단단한 빙하가 된답니다.

▲ 미국 알래스카 주의 빙하가 만든 피오르

▲ 스위스와 이탈리아의 국경에 있는
페나인 알프스 산맥의 한 봉우리인 마터호른

빙하에 의한 침식으로 만들어진 산이에요

거대한 얼음덩어리에 의한 침식으로
매우 뾰족한 봉우리를 조각해 놓은 이 산은
스위스에 있는 마터호른이에요.
스위스와 이탈리아의 국경에 있는
페나인 알프스 산맥의 한 봉우리지요.
마터호른은 높이가 4,478미터로
마치 피라미드 같은 모습을 하고 있어요.
가파르고 위험한 산이지만,
구름 한 점 없는 파란 하늘 아래
흰 눈을 덮어쓴 신비로운 모습에
전 세계 등산가들이 이곳을 찾는답니다.

▲ 뾰족한 암벽 봉우리의 마터호른

▲ 노르웨이의 빙하가 만든 U자 계곡 피오르

빙하가 만든 또 하나의 작품, U자형 계곡

양쪽 산 사이에 넓은 계곡이 보이나요?
이곳은 노르웨이에 있는 U자형 계곡이에요.
U자형 계곡이란 영어의 알파벳 U자 모양으로
푹 파여 있는 계곡을 말해요.
빙하는 골짜기를 깎아 바닥을 평평하게 하기도 하고,
침식 작용으로 U자형 계곡을 만들기도 해요.
이 U자형 계곡에 바닷물이 들어와 차게 되면
피오르 해안이 만들어져요.
피오르 해안은 노르웨이와 그린란드, 알래스카에 많답니다.

▲ 미국의 트레이시 암 피오르

빙하가 만들어 낸 돌덩이, 모레인

오른쪽의 엄청나게 큰 돌덩이는 모레인이에요.

모레인은 빙하에 의해 운반되어

하류에 쌓인 돌무더기를 말해요.

빙퇴석이라고도 하지요.

아래쪽은 아르헨티나에 있는

로스 글래시아레스 국립 공원이에요.

빙퇴석뿐만 아니라 빙하에 의해서 생긴

비췻빛 호수가 시선을 사로잡는 멋진 곳이지요.

공원 남쪽의 아르헨티노 호수 주변에는

페리토 모레노 빙하, 웁살라 빙하 등 빙하가 많답니다.

▲ 네팔 사가르마타 국립 공원의 모레인

▲ 아르헨티나 로스 글래시아레스 국립 공원의 페리토 모레노 빙하

▲ 히말라야 산맥의 곡빙하

▲ 안데스 산맥의 곡빙하

골짜기를 따라 흘러내리는 빙하예요

새하얀 빙하가 골짜기를 따라 강처럼 구불구불 흘러내려요.
이것이 바로 곡빙하예요. 곡빙하는 알프스 산맥, 로키 산맥,
안데스 산맥, 히말라야 산맥 등 높은 산의 골짜기에 많아요.
눈이 계속 쌓여 얼음의 두께가 30미터가 넘게 되면
무거워진 빙하가 천천히 아래로 흘러요.
일 년에 수십 미터에서 많게는 몇천 미터까지 흘러가지요.
빙하가 움직이면서 골짜기 바닥과 벽을 깎아,
곡빙하가 지나간 자리에는 U자형 계곡이 생긴답니다.

세계 최대의 곡빙하는 어디에 있나요?
세계 최대의 곡빙하는 남극에 있는 버드모아
빙하예요. 너비는 40킬로미터, 길이는 192
킬로미터로 어마어마하게 큰 빙하랍니다.

빙하가 녹아 신비한 물빛을 만들어요

하얀 빙하를 병풍처럼 두른 채 신비한 물빛을 뽐내는 이곳은

뉴질랜드 마운트 쿡 국립 공원에 자리한 푸카키 호예요.

푸카키 호는 빙하가 녹아 만들어진 호수, 즉 빙하호이지요.

이 호수의 물은 마운드 쿡 근처의 태즈먼 빙하, 그리고 후커 빙하에서 나온 거예요.

오랜 시간 빙하가 녹으면서 나온 바위의 가루가 신비한 물빛을 만들어 낸답니다.

▲ 뉴질랜드 마운트 쿡 국립 공원에 자리한 푸카키 호

땅이 화났다고요? 무시무시한 화산

우르르 쾅, 화산이 폭발했어요

2009년 3월 10일 새벽 다섯 시 무렵,

일본에 있는 사쿠라지마 섬의 화산이 폭발했어요.

시뻘건 불길이 솟구쳐 오르면서

용암과 검은 화산재가 하늘을 뒤덮었어요.

화산 폭발은 정말로 무시무시해요.

주변 숲이 불에 타 사라지고,

땅 모양이 바뀔 정도로 위력이 엄청나지요.

일본뿐만 아니라 우리나라에도 화산이 있어요.

백두산과 한라산도 화산이지만 지금은 화산 활동을 하지 않고 쉬는 중이랍니다.

▲ 일본의 화산섬 사쿠라지마

▼ 하얀 연기를 내뿜는 사쿠라지마 섬의 화산

톡톡상식

화산에도 종류가 있나요?

화산은 사화산과 휴화산, 활화산으로 나뉘어요. 사화산은 화산 활동이 완전히 끝난 화산을 말해요. 휴화산은 옛날에는 불을 내뿜었지만, 지금은 잠시 쉬는 화산이고요. 활화산은 지금도 화산 활동을 계속하는 화산이에요.

▲ 일본에 있는 후지 산

▲ 후지 산의 분화구

폭발의 공포를 안고 있는 후지 산

일본에 있는 후지 산은

마치 삿갓 같은 모습을 하고 있어요.

높이 3,776미터로 일본에서 가장 높은 산이지요.

후지 산은 781년부터 1707년까지 크고 작은 폭발이 있었다가

지금은 화산 활동을 잠시 쉬는 중이에요. 2003년과 2006년에는 후지 산이 폭발할지도

모른다는 이야기가 나와서 일본 전체가 화산 폭발의 공포에 휩싸이기도 했답니다.

톡톡상식

기생 화산이란 뭘까요?
기생 화산은 큰 화산의 중턱
이나 기슭에 마그마가 솟구쳐
서 생긴 작은 화산을 말해요.

▲ 이탈리아 에트나 화산의 폭발

세계에서 가장 오래된 활화산이에요

시뻘건 용암이 뿜어져 나오고
짙은 연기가 뭉클뭉클 하늘을 뒤덮어요.
이곳은 이탈리아 시칠리아 섬에 있는 에트나 산이에요.
현무암으로 이루어진 에트나 산은 높이 3,323미터로
유럽의 화산 중에서 제일 높은 산이에요.
또 지구에서 가장 오래된 활화산이지요.
에트나 산은 기생 화산만 해도 260여 개나 된대요.
세계에서 가장 많지요.
어때요? 지금이라도 산봉우리가
펑 하고 폭발할 것 같지 않나요?
에트나 산은 유명한 관광지이기도 하지만
국제 화산 연구소가 있는
유럽 화산 연구의 중심지이기도 하답니다.

▲ 에트나 화산 폭발로 나오는 시뻘건 연기

▲ 에트나 화산에서 흘러나오는 뜨거운 용암

온천은 화산이 가져다준 선물이에요

화산이 우리에게 피해만 주는 것은 아니에요.

화산재는 땅을 기름지게 만들어 농사가 잘되게 하고,

화산 활동으로 신기한 경치가 생겨나기도 하지요.

온천은 화산이 있는 곳에 발달했어요.

그래서 일본과 뉴질랜드에 많이 있지요.

온천은 땅속의 마그마가 지하수를 데워

따뜻해진 물이 솟아 나오는 거예요.

온천물은 피로를 풀어 주고 여러 가지 피부병도 낫게 해 주어요.

모락모락 김이 피어오르는 이곳은 일본의 유명한 벳푸 온천이에요.

온천 도시라서 그런지 마을이 온통 뿌연 수증기에 싸여 있답니다.

▲ 수증기로 가득한 온천

톡톡상식

온천 온도는 몇 도나 될까요?

온천 온도는 나라마다 조금씩 달라요. 보통 영국, 프랑스, 독일, 이탈리아 등 유럽에서는 20℃, 미국에서는 21.1℃, 우리나라에서는 25℃ 이상일 때 온천이라고 한답니다.

▲ 일본의 벳푸 온천

21

온천물이 목화 성을 빚어냈어요

이곳은 터키 남서부에 있는 파묵칼레예요.
파묵칼레는 터키어로 '목화 성'이란 뜻이에요.
군데군데 하얀 솜을 쌓아 놓은 듯한 광경이
제법 목화로 지은 성 같지요?
이런 풍경은 어떻게 만들어졌을까요?
파묵칼레는 본디 유명한 온천 휴양지인데,
이곳 온천물에는 석회질이 많아요.
온천물이 언덕을 타고 흘러내릴 때,
석회질이 공기 중의 이산화탄소와 만나
새하얀 석회암 덩어리로 굳어진 거지요.
파묵칼레는 온천물이 빚어낸 진기한 풍경이랍니다.

▲ 터키 파묵칼레의 온천

▲ 고드름 같은 하얀 석회암

22

신기한 물의 힘

한 방울의 물이 바위를 뚫어요

똑똑 떨어지는 물방울은 작고 하찮게 보여요.

하지만 오랜 세월이 흐르면 단단한 바위도 뚫을 수 있답니다.

그런데 만약 한 방울이 아니라 물의 양이 많다면 어떻게 될까요?

어마어마한 힘으로 자연환경을 바꾸어 놓게 되겠지요?

하늘에서 떨어지는 빗방울이 모여 작은 내를 이루고,

작은 내는 흘러가면서 다른 물줄기와 합쳐 좀 더 큰 내를 이루어요.

그리고 강으로 흘러들어 마침내는 바다로 나아가게 되지요.

그럼 물이 만들어 내는 신비한 풍경을 알아볼까요?

지구에는 어떤 물이 가장 많을까요?

물에는 바닷물도 있고, 강과 호수의 물도 있고, 지하수도 있지요. 그중에서 가장 많은 물은 바닷물이에요. 바닷물은 지구에 있는 전체 물의 97.2퍼센트나 된답니다.

천둥소리를 내는 나이아가라 폭포예요

콰르르!

수십 미터 절벽 아래로 세찬 물줄기가 떨어져요.

천둥소리와 함께 하얀 물보라가 주변을 뒤덮네요.

보는 사람으로 하여금 입이 딱 벌어지게 하는 광경이에요.

이곳은 미국과 캐나다의 국경에 있는 나이아가라 폭포예요.

오대호 중에서 온타리오 호와 이리 호로 통하는 나이아가라 강에 있지요.

나이아가라 폭포는 높이 54~57미터, 폭 670여 미터나 되며

1분 동안 1억 7000만 리터에 이르는 물이 떨어진다고 하니 정말 엄청나지요?

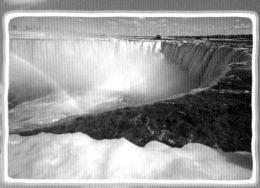

▲ 물보라가 무지개를 만들어요.

24

▲ 세계자연유산인 이구아수 폭포

세계에서 가장 큰 폭포는 뭘까요?

세계에서 가장 큰 폭포를 꼽으라면 단연 이구아수 폭포예요.

이구아수 폭포는 아르헨티나와 브라질, 파라과이 세 나라에 걸쳐 있어요.

폭이 4킬로미터가 넘는 이구아수 폭포는

나이아가라 폭포, 빅토리아 폭포와 함께

세계 3대 폭포로 널리 알려졌지요.

그럼 이구아수 폭포를 구경해 볼까요?

넓은 평원을 유유히 흐르던 강물이

아찔한 절벽 아래로 떨어지면서

엄청난 물보라를 일으켜요.

물보라는 어느새 아름다운 무지개를 만들어

폭포 위에 척 걸쳐 놓지요.

물이 만들어 내는 멋진 풍경, 감탄스럽지요?

▼ 위에서 떨어지는 물이
물보라를 일으켜요.

 세계상식 **756**

세계에서 가장 높은 폭포는 뭘까요?

남아메리카의 베네수엘라에 가면
높이가 무려 979미터나 되는 폭포가 있어요.
바로 앙헬 폭포예요.
자욱한 물보라를 일으키며
까마득한 절벽 아래로 떨어지는 물줄기는
보는 사람을 아찔하게 만들 정도랍니다.
이 폭포는 워낙 높은 곳에서 떨어지다 보니,
가물어서 물의 양이 줄어들면
물이 맨 아래까지 떨어지지 못하고
중간에 안개가 되어 날아간다고 해요.

▲ 앙헬 폭포는 '가장 깊은 곳에 있는 폭포'라는 뜻의
파레쿠파 메루라고도 불려요.

바닷물이 쩍 갈라졌어요

이곳은 우리나라의 진도 앞바다예요.

조금 전까지 넘실대던 바닷물이 갈라져 저 앞에 보이는 섬까지 이어지는 길이 생겼어요.

바닷물이 쭉쭉 빠지면서 물속에 잠겨 있던 갯벌이 드러나자

관광객들은 너도나도 갯벌로 뛰어들어 조개를 캐느라 신이 났어요.

'신비의 바닷길'이라 불리는 이런 현상은 해와 달의 인력 때문에 생긴대요.

진도 말고도 전국 스무 곳 정도에서 이런 현상을 볼 수 있는데,

그 가운데 진도에서 열리는 길이 가장 크답니다.

▲ 진도 바닷길

▲ 파도를 타며 서핑을 즐겨요.

▲ 아일랜드 섬의 파도

집채만 한 파도가 밀려와요

쏴, 철썩철썩!

잠잠하던 바닷물이 물보라와 함께 세찬 파도를 일으켜요.

집채만 한 파도는 정말 무시무시해요. 순식간에 달려들어 모든 것을 집어삼키거든요.

그래서 파도가 치면 고기잡이를 하던 사람들은 잔뜩 긴장을 해요.

파도가 언제 어떻게 배를 덮칠지 알 수 없기 때문이지요.

하지만 파도타기를 하는 사람들은 오히려 파도를 즐긴답니다.

신비로운 땅의 풍경, 사막

사막에 무늬를 만드는 모래바람

크고 작은 모래 언덕이 보이나요?
이곳은 아프리카 북부의
대부분을 차지하는 사하라 사막이에요.
아주 작은 모래알이 쌓인 모래사막은
기나긴 세월에 걸쳐 만들어진 거예요.
바위나 돌덩이가 부서져 모래가 되고,
모래가 쌓이고 쌓여 마침내 모래사막이 만들어져요.
그런데 바람이 불면 알갱이가 작은 모래는 멀리 날아가지만, 굵은 알갱이는 무거워서
거의 움직이지 않아요. 그 결과 물결 같은 무늬가 사막 위에 생기는 거랍니다.

▲ 아프리카 북부의 사하라 사막

▼ 사하라 사막은 홍해 연안에서 대서양 해안까지
　이르는 세계 최대의 사막이에요.

자갈로 뒤덮인 사막도 있어요

모래가 아니라 자갈로 뒤덮인 사막도 있어요.
바로 몽골 고원에 자리한 고비 사막이지요.
고비는 몽골어로 '거친 땅'이란 뜻으로
자갈로 뒤덮인 땅에 키 작은 풀이
드문드문 나 있어요.
얼핏 일구지 않은 땅처럼 보이지만
분명히 사막이 맞아요.
우리나라에 봄마다 찾아오는 황사가
바로 이 고비 사막에서 시작된답니다.

▲ 몽골 고원에 자리한 고비 사막

 **757**

세상에서 가장 아름다운 사막이라고요?

부드럽게 이어진 모래 언덕이 아름다워 보이지요?

뜨거운 햇살 아래 붉은 모래사막이 끝없이 펼쳐져 있는

이곳은 아프리카 남서부에 있는 나미브 사막이에요.

세상에서 가장 아름답다고 소문난 사막으로

붉은 가루를 곱게 뿌려 놓은 듯한 모습이 감탄을 자아내게 하지요.

나미브 사막의 모래가 붉은 이유는

철 성분이 많이 들어 있기 때문이래요.

▼ 나미브 사막의 모래 언덕

▲ 봄이 되어 모하비 사막에 꽃이 가득 피었어요.

녹색 땅으로 바뀌는 사막도 있나요?

미국 캘리포니아 주에 있는 모하비 사막은

비가 내리지 않으면 여느 사막처럼 황량하지만,

비가 많이 내릴 때에는 온통 녹색 식물로 가득해요.

그래도 모하비 사막은 틀림없는 사막이랍니다.

모하비 사막은 7~8월 기온이 49℃까지 오르고, 연평균 강우량도 127밀리미터가 되지 않아요.

또 낮에는 매우 뜨겁지만, 밤에는 영하로 떨어지는 매서운 추위가 찾아오지요.

32

소금으로 덮인 신기한 사막이에요

울퉁불퉁한 땅이 하얀 소금으로 덮인 이곳은
칠레 북부에 있는 아타카마 사막이에요.
사막에 소금이 있다니 정말 신기하지요?
아타카마 사막에 있는 호수에는
소금과 탄산칼슘이 많은 진흙이 말라붙어 있어요.
또 사막 곳곳에는 소금이 쌓여 굳어진 땅도 있지요.
아타카마 사막은 지구에서 가장 건조한 곳으로
달의 환경과 비슷한 점이 많다고 해요.
그래서 우주인들이 훈련을 받는 곳으로 알려졌답니다.

▲ 아타카마 사막의 소금 호수

▲ 칠레 북부 안데스 산맥과 코스트 산맥 사이에 있는 아타카마 사막

연두 자연관찰 (전 83권, 정가 380,000원)

내셔널 지오그래픽, 옥스퍼드, 네이처사의
최첨단 최신 자료를 통한 쉽고 재미있는 이야기는
우리 아이들의 관심과 궁금증을 유발하여
지적으로 크게 성장하고 감성이 풍부한 아이로
자랄 수 있도록 도와줍니다.